Der Sohn des Flavius

Die Seelenretter

Inhaltsverzeichnis

1 PROLOG 3

2 Eine neue Chance 4

3 Die Abrechnung 7

4 Die Mutprobe 10

5 Flavius' Erzählungen 13

6 Einmal Rom und zurück 16

7 Begegnung mit der Vergangenheit 18

8 Im Palast des Kaisers 20

9 Ein verrücktes Treffen 22

10 Das Attentat 24

11 Kontakt mit Peter 26

12 Bankett mit Hindernissen 28

13 Auf Befehl des Kaisers 30

14 Die Flucht 32

15 Epilog 34

16 Ein paar persönliche Bemerkungen 35

17 Danksagungen 36

Ein Roman aus der Reihe

Die Seelenretter

Für Kerstin
meine große Liebe

1 PROLOG

Gut gegen Böse, der ewige Kampf. In der Welt der Seelen steht er sinnbildlich für den unaufhörlichen Krieg zwischen Seelenrettern und Seelenbringern. Ein Krieg, so alt wie die Menschheit selbst.

Immer wieder braucht es mutige Menschen, die bereit sind, sich den Seelenbringern entgegenzustellen. Diese dunklen Wesen haben es besonders auf Menschen in Not abgesehen. Sie locken mit Versprechungen von Ruhm, Macht und einem langen Leben.
Einziger Preis: die Seele, besiegelt durch eine einfache Unterschrift. Dem gegenüber stehen die Seelenretter. Ihre Aufgabe ist es, Menschen vor dem fatalen Pakt zu bewahren.

Peter Jakobs spürte Aufregung in sich aufsteigen, endlich bekam er die Chance, aus dem Schatten seines berühmten Vaters Flavius zu treten. Mit achtzehn Jahren hatte er erfahren, wer sein Vater wirklich war. Flavius erzählte ihm alles: von den Seelenrettern, den Seelenbringern und dem ewigen Kampf.

Doch Peter war kaum überrascht. Seine Tante Lisa hatte ihm vieles schon Jahre zuvor anvertraut. Das Geheimnis zu bewahren war nicht leicht, vor allem, seinem Vater Flavius vorspielen zu müssen, er wüsste von nichts. Peter hatte die blonden Haare seines Vaters geerbt, das charmante Aussehen von seiner Mutter. In der Schule war er ein Mädchenschwarm, obwohl er eher schüchtern und zurückhaltend war, ganz anders als seine jüngere Schwester Lisa, die nach ihrer Tante und Taufpatin benannt worden war. Lisa war zwei Jahre jünger, sportlich, selbstbewusst und mehrfach ausgezeichnet in Leichtathletik und Karate.

Flavius mahnte beide Kinder stets, ihre Überlegenheit nicht auszuspielen, doch Lisa fiel das schwer, und man konnte ihr kaum böse sein. Auch Flavius und Lara, ihre Mutter, nicht. Zum achtzehnten Geburtstag schenkte Tante Lisa Peter ein besonderes Amulett, ein leuchtend blaues Schmuckstück, dem man magische Kräfte nachsagte. Es sollte ihn vor den Seelenbringern schützen. Doch es blieb stets dunkel. Bis vor zwei Tagen.

In der „Caluba", einem angesagten Lokal, sprach ihn eine atemberaubend schöne Frau an. Sie erkannte sofort seine Unsicherheit und suchte das Gespräch. Sie machte ihm ein verlockendes Angebot: Ruhm, Reichtum, Erfüllung, gegen eine Unterschrift. Als sie ihm das ins Ohr hauchte, schrillten bei Peter alle Alarmglocken. Er kannte die Taktik. Statt zu seinem Vater ging er zu Tante Lisa, Flavius neigte in solchen Fällen zum Drama.

Lisa hörte sich alles an, dachte kurz nach und sagte: „Die Beschreibung passt. Peter, ich glaube, du hast sie gefunden, die Seelenbringerin, hinter der wir schon länger her sind. Das ist unsere Chance, sie auszuschalten." Peter seufzte. „Kaum spricht mich mal eine schöne Frau an, schon ist sie eine Seelenbringerin." Lisa legte den Arm um ihn. „Ich werde dich immer beschützen. Niemand wird dir etwas antun." „Was soll ich jetzt tun?", fragte Peter. „Du gehst zum Treffen", sagte Lisa. „Du bestellst dir den besten Champagner, und ziehst das Gespräch so lange wie möglich in die Länge. Peter Bauer und ich bleiben in der Nähe. Wenn du sie dann unter einem Vorwand nach draußen lockst, übernehmen wir." Peter runzelte die Stirn. „Guter Plan, aber ich bin noch Schüler. Champagner kann ich mir nicht leisten." Lisa schmunzelte.

Er erinnerte sie an ihren Mann Chris. „Keine Sorge, ich regle das mit Gerald. Er steht auf unserer Seite. Du genießt das Treffen, und wir greifen dann ein." Peter nickte dankbar. Eine Tante wie Lisa zu haben, war ein Geschenk des Himmels. Und als sein Amulett plötzlich zu leuchten begann, heller als je zuvor, wusste er, dass er auf dem richtigen Weg war.

3 Die Abrechnung

Marie-Charlotte, so hieß sie in einem früheren Leben, lächelte kalt. Endlich hatte sie wieder ein Opfer gefunden. Es war viel zu einfach gewesen. Der junge Mann war unsicher, das erkannte sie sofort. Als sie ein Foto auf seinem Handy sah, stockte sie kurz. Das Gesicht darauf war ihr nur allzu vertraut: Seine Tante Elisabeth, ihre einstige Freundin aus Bad Ischl, zur Zeit der kaiserlichen Sommerresidenzen.

Wie sie in diese Zeit gekommen war, wusste Marie nicht. Aber eins war sicher: Jetzt war die Stunde der Abrechnung gekommen. Früher dienten sie beide am Hof von Katharina Schratt. Marie, wie sie genannt wurde, begann eine Affäre mit einem hochrangigen Freund der Schratt, ein Skandal für eine einfache Bedienstete. Lisa, damals ihre beste Freundin, verriet sie. Ob aus Eifersucht oder Sorge, spielte keine Rolle mehr. Marie verlor ihre Stellung, und ihre Würde.

Am Boden zerstört traf sie in einem Kaffeehaus auf einen charismatischen Mann: Judas. Er erkannte ihr Potenzial, versprach ihr ewiges Leben, im Austausch gegen Seelen. Marie willigte, ohne zu zögern ein. Ihr gutes Aussehen war ihr Kapital, ihre Verführungskunst ihre Waffe.

„Fast müsste ich Lisa dankbar sein", dachte sie bitter. Doch der Hass war stärker. Die Affäre wäre nie aufgeflogen, hätte Lisa geschwiegen. Und nun bot sich ihr eine Chance zur Rache. Der junge Mann, Peter, war Lisas Neffe. Das hatte er ihr mit einem Lächeln erzählt, voller Stolz. Sie zog ihr schönstes Kleid an. „Damit bringe ich jeden Mann um den Verstand", dachte sie selbstsicher. Heute würde sie seine Seele holen, und Lisa in die Knie zwingen.

Lisa holte Peter wie vereinbart mit dem Auto ab. „Was hast du deinen Eltern erzählt?", fragte sie ihn. „Nur, dass du mit mir ausgehen willst", antwortete Peter verlegen. „Papa wünschte mir viel Spaß, und auch Mama." Lisa lächelte. „Aus dir ist ein gutaussehender junger Mann geworden. Deine Eltern können stolz auf dich sein. Zeig mir das Foto von ihr." Peter zeigte ihr das Bild auf seinem Handy. „Sie nennt sich Marie." Lisa erschrak. „Das ist unmöglich. Das kann sie nicht sein, außer, sie ist tatsächlich eine Seelenbringerin." „Wer ist sie?" fragte Peter neugierig. „Ich habe dir von meiner Zeit in Bad Ischl erzählt", begann Lisa. „Marie-Charlotte war damals meine Freundin. Doch sie begann eine Affäre mit einem Adeligen, viel älter, ein Blender. Ich wollte sie warnen, sie sah das als Verrat. Ihre letzten Worte: ‚Wir sehen uns wieder, egal in welchem Jahrhundert.' Jetzt weiß ich, was sie meinte." Sie nahm Peters Hand. „Bitte pass auf dich auf. Sie will dir schaden, nur um mir wehzutun. Spiel mit, aber unterschreib nichts! Peter Bauer und ich warten draußen."

Peter nickte. „Klingt einfach. Wo ist der Haken?“ Lisa sah ihn ernst an. „Sie wird dich verführen wollen.“ Peter grinste. „Ich bin der Sohn von Flavius, dem ersten Seelenretter, vergiss das nicht.“ Lisa küsste ihn auf die Wange. „Das soll dir Glück bringen.“ Peter stieg aus. Mit einem mulmigen Gefühl betrat er die Caluba.

4 Die Mutprobe

Lara ging aufgeregt im Wohnzimmer auf und ab. Sie verstand nicht, warum Flavius ihren Sohn solch einer Gefahr aussetzte. Flavius trat zu ihr, umarmte sie sanft. „Vertrau mir. Es ist wichtig. Für Peter ist es eine Art Mutprobe." „Er ist gerade mal neunzehn", entgegnete sie. Da kam Chris herein. „Macht euch keine Sorgen. Lisa und Peter Bauer sind bei ihm. Ich vertraue ihnen." Auch Lisa, Flavius' Tochter, kam hinzu. „Was ist mit Peter?", fragte sie besorgt.

„Alles unter Kontrolle", versicherte Flavius. „Aber wenn ihr wollt, erzähle ich euch eine Geschichte …" „Nein, bitte nicht!", riefen alle wie aus einem Mund. Flavius zuckte die Schultern. „Dann eben später, nur Peter wird sie interessieren." In der Caluba wartete Marie bereits. Als Peter eintrat, leuchtete ihr Blick auf. Die Falle war bereit. Peter setzte sich zu ihr, rief Claudia, die Kellnerin: „Den besten Champagner, den ihr habt." „Kannst du dir den leisten?", fragte sie spöttisch.
Gerald, der Chef des Lokals, eilte herbei. „Geht auf mich", sagte er knapp. Marie lächelte süffisant. „Ich glaube, die Kleine steht auf dich." Peter errötete. „Wirklich? Hab ich gar nicht bemerkt." „Typisch Mann", sagte Marie und rückte näher. „Zeit, sie ein wenig eifersüchtig zu machen." Sie legte ihren Arm um ihn. „Vielleicht gehen wir lieber raus", schlug Peter vor. „Ich will keinen Verletzen. Danach mache

ich alles, was du willst." Marie war entzückt. „Natürlich, mein Lieber." Draußen, in der lauen Sommernacht, trat Lisa aus dem Schatten. „Er nicht, aber ich", sagte sie kalt und verpasste Marie einen rechten Haken. „Wer ist dein Meister?", fragte sie. „Du bist es jedenfalls nicht, dazu fehlt dir die Intelligenz."

Marie rappelte sich auf. „Charmant wie immer. Ich sage euch nichts!" Sie stürzte sich auf Lisa, beide rangen heftig miteinander. Im Lokal hörte Gerald den Lärm. Marie stürmte durch die Tür, da kippte ihr die Kellnerin Claudia reflexartig ein Glas Wasser über den Kopf. „Ups, ausgerutscht!" Lisa folgte sofort, packte Marie. „Wir übernehmen das. Die Tür geht auf uns." „Solange es bei der Tür bleibt", murmelte Gerald. Draußen hielten Lisa und Peter Bauer die wütende Marie fest. „Was wollt ihr von mir? Ich mache nur meinen Job", fauchte sie. „Und das nicht einmal gut", konterte Lisa. „Du weißt, was mit Seelenbringern passiert, wenn sie nicht mitarbeiten." „Und wer von euch Superhelden will das sagen?" spottete Marie.

Lisa sah zu Peter. „Jetzt ist deine Stunde gekommen."
Peter trat vor. Lisa und Peter Bauer lockerten die Griffe.
Marie wollte sich auf ihn stürzen, doch Peter blieb ruhig.
„Tergum Auferetur", sagte er mit fester Stimme. Marie
schrie auf, und löste sich auf. Lisa schloss Peter stolz in die
Arme. „Das war deine Mutprobe. Willkommen bei den
Seelenrettern." Peter erwiderte die Umarmung. Zum ersten
Mal wusste er, wohin er wirklich gehörte.

5   Flavius' Erzählungen

Lara war überglücklich, als sie ihren Sohn Peter unversehrt wieder in die Arme schließen konnte. Sie umarmte ihn impulsiv, und er erwiderte die Umarmung herzlich. „Was ist los mit dir?", fragte sie überrascht. „Normalerweise bist du doch viel schüchterner." Lisa lächelte stolz. „Er hat heute viel gelernt, und ist ein ganzes Stück erwachsener geworden."

Lara zog die Stirn kraus. „Du meinst doch nicht etwa, er hat mit Marie ...?" Lisa musste laut lachen. „Wo denkst du hin? Nichts dergleichen. Er hat Mut bewiesen, wie ein echter Seelenretter. Und Marie? Die war in Tränen aufgelöst." Flavius trat hinzu und atmete hörbar auf. „Diesen Mut wird er noch brauchen. Es wartet eine große Aufgabe auf ihn. Vielleicht ist jetzt der richtige Zeitpunkt, euch eine Geschichte zu erzählen, eine, die Peter direkt betrifft." Peter grinste schelmisch. „Nur wenn du dazu eine Flasche Champagner mitbringst." Flavius warf Lisa einen mahnenden Blick zu. „Du verdirbst mir den Jungen noch. Aber heute ist ein Tag zum Feiern. Ich hole den besten, und Gläser für alle."

Sie setzten sich im Kreis, wie immer, wenn Flavius Geschichten erzählte. Er nahm in der Mitte Platz und begann: „Während meiner Ausbildung zum Seelenretter bei Meister Lee im alten Rom, genauer im Jahr 34 n. Chr, unter

Kaiser Tiberius, brauchte ich nach den Geschehnissen in Palästina eine Auszeit. Jesus von Nazareth war für mich ein Freund. Ihn so leiden zu sehen, hat mir das Herz gebrochen."

Er machte eine Pause, trank einen Schluck Champagner und fuhr fort: „Ich kam an einem jungen Mann vorbei, der nackt und zitternd auf der Straße lag. Meister Lee und ich nahmen ihn bei uns auf. Eine Christin namens Livia kümmerte sich besonders um ihn. Und weißt du was, Peter? Er sah dir erstaunlich ähnlich." Peter wurde hellhörig. „Und was ist mit ihm passiert?" „Ich weiß es nicht genau. Als ich zurückkam, waren sie alle verschwunden, auch Livia. Ich dachte immer, sie hätten geheiratet und seien weitergezogen. Aber heute denke ich: Du bist zurückgekehrt."

Lara zog Flavius zur Seite. „Du verschweigst etwas." Flavius nickte ernst. „Ja. Aber ich darf es ihm nicht sagen. Er muss es selbst herausfinden. Es ist seine Aufgabe." Drinnen begann Lisa, ein Lied auf dem Keyboard zu spielen. „Das habe ich für meinen Bruder geschrieben, den ich über alles liebe." Lara küsste Flavius gerührt. „Lass uns zurückgehen. Ich will das Lied hören."

Auch Peter war bewegt. Von Lisa hatte er so etwas nie erwartet. Doch seine Gedanken schweiften immer wieder nach Rom. Sein Amulett begann intensiv zu leuchten, und nur Flavius wusste, was das bedeutete. Er hob sein Glas: „Auf die Familie und die Freundschaft." Alle stimmten ein: „Auf die Familie und die Freundschaft!" Und das Amulett strahlte heller als je zuvor.

6 Einmal Rom und zurück

Peter ging es nicht besonders gut. Der Champagner war wohl etwas zu viel gewesen. Auch Flavius spürte den Kater, aber nicht nur vom Alkohol. Seine Gedanken kreisten um das, was kommen würde. Denn was er der Familie verschwieg: Peter war schon einmal Teil jener Geschichte gewesen. Er hatte damals Flavius' ersten Tod miterlebt. Als Flavius einst aus seiner Isolation zurückgekehrt war, fand er das Haus leer. Der treue Diener berichtete ihm, die Christen, mitsamt dem jungen Mann, seien geflohen.
Die römischen Legionen hatten begonnen, sie zu verfolgen. Flavius ritt sofort zu den Katakomben außerhalb der Stadt. Die Legionen waren bereits vor Ort. Die einzige Fluchtmöglichkeit war ein unbewachter Hinterausgang. Doch die Soldaten hatten bereits mit der Durchsuchung begonnen. Flavius zögerte keine Sekunde. Er ritt mutig auf sie zu. Der Kommandant war niemand Geringerer als Claudius Nero, ein aufstrebender Offizier, der sich durch Erfolge profilieren wollte.

„Haltet ein!", rief Flavius. „Diese Menschen sind keine Verbrecher!" Ein Soldat lachte: „Dort unten sind hübsche Frauen. Die werden wir schon zu unterhalten wissen." Flavius zog sein Schwert. „Dann müsst ihr erst an mir vorbei." Nero persönlich trat vor. „Das übernehme ich." Der Kampf war kurz. Trotz all seiner Erfahrung hatte Flavius keine Chance gegen den jüngeren, besser trainierten Nero.

Ein gezielter Stoß, und das Schwert traf ihn mitten ins Herz. „So geht Rom mit Verrätern um", sagte Nero kalt. Die Soldaten kehrten zurück. „Keine Spur von ihnen, sie sind entkommen." Flavius schloss die Augen. Er hatte sein Ziel erreicht. Sein Opfer war nicht umsonst gewesen.

In der Zwischenwelt erwartete ihn Meister Lee. Er stellte ihn vor eine Wahl. Und Flavius entschied sich, zurückzukehren. Eine Entscheidung, die er nie bereuen sollte. Lara legte ihm beruhigend die Hand auf die Schulter. „Wir sollten wirklich weniger trinken", flüsterte sie zärtlich. Unterdessen trat Lisa in das Zimmer ihres Bruders. Sie wollte ihm sagen, wie sehr sie ihn liebte. Doch das Bett war leer. Peter war verschwunden. Lisa stürmte panisch zu ihren Eltern. Flavius ahnte sofort, was geschehen war. Er nahm Lara und Lisa in den Arm. „Peter hat noch eine Aufgabe. Aber er wird sie meistern. Und ich bin bei ihm."

Peter lag nicht mehr in seinem Bett. Stattdessen war ihm kalt, und er zitterte. Er bemerkte zwei dunkle Gestalten, sie wollten ihn bestehlen, doch er trug nichts bei sich. „Verschwindet!", rief eine Stimme. Eine jugendliche Version von Flavius trat dazwischen. Peter verlor das Bewusstsein, sein letzter Gedanke: „Bin gespannt, wohin die Reise geht …"

Flavius saß nachdenklich am Küchentisch und trank einen Schluck Wasser. Der gestrige Abend, insbesondere das Treffen mit Azarel, hatte Spuren hinterlassen. Plötzlich flackerte das Licht. Flavius erstarrte. „Du bist doch nicht hier, um uns einen Freundschaftsbesuch abzustatten, Azarel", murmelte er. Der Fürst der Finsternis materialisierte sich mit einem dramatischen Flackern. „Tja", grinste Azarel, „dieser Auftritt scheint dich nicht mehr zu beeindrucken. Ich muss mir wohl etwas Neues einfallen lassen." Flavius schmunzelte. „Nach Jahrhunderten auf dieser Erde beeindruckt mich nur noch wenig. Also, was führt dich her?" Azarel wurde ernst. „Es gibt einen neuen, mächtigen Seelenbringer, aber er steht nicht in meinem Dienst. Ich weiß nicht, woher er kommt. Marie, die ihr kürzlich neutralisiert habt, war nur eine seiner Handlangerinnen." „Und du willst, dass wir zusammenarbeiten, um deine Konkurrenz loszuwerden?" fragte Flavius skeptisch. Azarel ging zum Kühlschrank, entdeckte eine Flasche Champagner. „Darf ich?" „Bedien dich", antwortete Flavius. „Hervorragend", sagte Azarel nach dem ersten Schluck. „Sowas gibt's bei mir unten leider nicht."

Dann wurde sein Ton ernster. „Meine Späher haben herausgefunden, dass dieser neue Seelenbringer aus der Vergangenheit stammt, nicht aus unserer Zeit." „Das würde erklären, warum niemand ihn kennt", murmelte Flavius. Azarel nickte. „In Höhlen außerhalb der Stadt wurde nachts Aktivität beobachtet. Eine Art Zeithöhlen, vergleichbar mit denen in Bad Ischl." Er zog sein Handy aus der Tasche. „Mein Mann vor Ort hat sogar ein Foto gemacht." „Ihr Dunklen geht auch mit der Zeit", staunte Flavius. Dann betrachtete er das Bild, und erstarrte. „Unfassbar ... Ich kenne ihn. Antonius Crassus, im alten Rom war er mein bester Freund. Ich hätte ihm das niemals zugetraut." Azarel nickte. „Vertrauen ist in unserem Job gefährlich. Treffen wir uns in zwei Tagen, Ort deiner Wahl." „Die Caluba", entschied Flavius. „Und zieh dir was Normales an." „Deal", sagte Azarel und verschwand, diesmal ganz ohne Theatralik. Flavius blieb zurück, besorgt über die Enthüllung. Sein einst bester Freund war ein Verräter. Und er wusste: Peter steckte mitten in dieser Geschichte.

8   Im Palast des Kaisers

Peter erwachte in einem weichen Bett, völlig desorientiert. Neben ihm saß ein alter Chinese, der ihn aufmerksam beobachtete. Er sprach, doch Peter verstand kein Wort, bis er das blaue Amulett bemerkte. Der Mann hielt es in der Hand. „Suchst du das hier?" fragte er und reichte es Peter. Kaum hatte Peter es angelegt, verstand er die Sprache wieder.

„Mein Name ist Magnus", sagte der Alte. „Aber du kannst mich Meister Lee nennen." Peter setzte sich langsam auf. „Meister Lee? Mein Vater hat oft von Ihnen gesprochen. Wo bin ich?" „Im Rom des Jahres 34 n. Chr.", erklärte Meister Lee ruhig. „Wir wohnen im Palast des Kaisers, wir erledigen hin und wieder Aufträge für ihn." Peter staunte. „Mein Vater hat nie davon erzählt ... Ist er ...?" „Er brauchte eine Auszeit", unterbrach ihn Lee. „Der letzte Auftrag hat ihn sehr mitgenommen." „Das weiß ich. Er spricht oft davon", sagte Peter leise. In diesem Moment betrat eine junge Frau den Raum. Sie hatte leuchtend rote Haare und trug eine elegante gelbe Tunika.

„Das ist Livia", stellte Meister Lee sie vor. „Sie gehört zu einer Gruppe Christen, die unter unserem Schutz stehen. Der Kaiser toleriert sie, sein Sohn Claudius Nero hingegen nicht." Peter hörte kaum, was gesagt wurde. Er war von Livia fasziniert, sie erinnerte ihn an eine jüngere Version seiner Mutter. Meister Lee lächelte. „Ich lasse euch jetzt kurz allein." Livia bot an, ihm beim Waschen zu helfen, aber Peter winkte verlegen ab. „Das mache ich selbst, danke." Sie wurde rot. „Bin ich dir etwa nicht hübsch genug? Soll ich eine ältere Dienerin holen?"

„Nein, ganz und gar nicht. Ich finde dich sogar sehr hübsch", stammelte Peter. „Du erinnerst mich nur an jemanden ..." Livia lächelte. „Ich finde dich auch sehr sympathisch, Peter, Sohn des Flavius. Heute Abend findet ein Bankett statt, du bist eingeladen. Ich soll dich vorbereiten." „Dann begleite mich doch", schlug Peter vor. „Gern, aber ich muss mich auch noch hübsch machen." Sie zwinkerte. „Wir treffen uns in einer Stunde."

Peter lehnte sich zurück. Eine Reise in die Vergangenheit ... und zum ersten Mal in seinem Leben fühlte er sich wirklich verliebt. Doch während Peter sich auf den Abend freute, saß Flavius in der Gegenwart in tiefer Sorge. Er wusste: Wenn Peter Livia behalten wollte, brauchte er Hilfe, und die konnte nur Azarel liefern. „Ich hoffe, der Fürst der Finsternis benimmt sich in der Caluba", seufzte Flavius.

9 Ein verrücktes Treffen

Mit einem mulmigen Gefühl machte sich Flavius auf den Weg zum Treffen mit Azarel, dem Fürsten der Finsternis. Ausgerechnet in der Caluba, was für eine Idee! Er ärgerte sich über sich selbst. Ein Moment geistiger Umnachtung, dachte er. Als er die Caluba betrat, staunte er nicht schlecht. Azarel war bereits da, und feierte. Lautstark und mit vielen Runden Champagner saß er an der Bar und amüsierte sich prächtig.

„Für einen Untoten verträgst du aber ganz schön viel", seufzte Gerald hinter dem Tresen. Flavius trat ein, woraufhin Azarel ihn prompt überschwänglich umarmte. „Mein Freund! Wir stehen zwar nicht immer auf derselben Seite, aber auf dich ist Verlass!" „Du riechst stark nach Alkohol", stellte Flavius trocken fest.

„Ihr Seelenretter seid immer so verkrampft. Entspann dich mal", grinste Azarel. „Nicht so laut!", zischte Flavius. „Wozu? Die wissen hier ohnehin Bescheid." Gerald nickte. „Ich hab's ihm gesagt." „Na gut", murmelte Flavius und bestellte zwei Tequila. „Mal sehen, ob du mithalten kannst."

Beide kippten den Tequila in einem Zug herunter. Dann schlug Azarel einen ernsteren Ton an. „Setzen wir uns. Ich habe etwas für dich." Gerald zückte seine Kamera. „Ein Foto mit euch beiden, das kommt ins Gästebuch!" Ein ungewöhnliches Bild: ein Seelenretter und der Fürst der Finsternis Seite an Seite.

Azarel reichte Flavius ein kleines Gefäß. „Ein Seelengefäß. Pass gut darauf auf." „Und das Amulett?", fragte Flavius. Azarel zog es aus der Tasche, ein leuchtend blaues Medaillon. „Damit kannst du mit deinem Sohn Kontakt aufnehmen. Aber halte es über etwas, das er zuletzt in den Händen hatte."

Da torkelte ein betrunkener Gast herein. Gerald wollte ihn hinauswerfen, doch Azarel winkte ab. „Ich übernehme das." Draußen stellte Azarel sich dem Betrunkenen. „Weißt du, wer ich bin?" „Du könntest der Kaiser von China sein, ich verpass dir gleich eine!", lallte der Mann. Azarel seufzte. „Dann eben auf die harte Tour." Und zeigte ihm sein dämonisches Gesicht. Der Betrunkene wurde kreidebleich und floh panisch. „Er hat noch nicht bezahlt!", rief Gerald. „Geht auf mich", grinste Azarel. Wieder am Tisch fragte Flavius: „Alles geklärt?" „Ja", nickte Azarel. „Dann: Party on! Heute wird legendär!" Und so feierte der Seelenretter mit dem Fürsten der Finsternis, als gäbe es kein Morgen.

10 Das Attentat

Antonius Crassus rieb sich die Hände. Bald würde er eines der höchsten Ämter Roms bekleiden, vorausgesetzt, der Anschlag auf Kaiser Tiberius gelang. Der Plan: Beim Staatsbankett sollte der blaue Eisenhut, ein tödliches Gift, in das Essen des Kaisers gemischt werden. Die Küche war voller Komplizen. Antonius war Sohn einfacher Bürger. Doch der kleine Laden seiner Eltern wurde bald zum Treffpunkt der römischen Oberschicht, sein Aufstieg begann. Später lernte er Flavius kennen, doch auch dieser ahnte nichts von seinen dunklen Plänen. Ein Bündnis mit Mars, dem Gott des Krieges, versprach Macht im Austausch für Seelen. Antonius nahm an, und wurde bis an den Kaiserhof befördert. Dort wurde er Vertrauter von Claudius Nero, dem Thronfolger.

Nun war der Tag des Attentats gekommen. Seine Geliebte Maria, eine Frau aus Judäa, war Expertin für Gifte und hatte ihm das tödliche Elixier gemischt. „Ist die Flasche bereit?", fragte er. „Natürlich, mein Liebster", hauchte sie und überreichte sie ihm. „Nur unseren Verbündeten geben, niemand sonst." In der Palastküche übergab Antonius die Flasche dem Chefkoch, einem fähigen, aber vom Kaiser verhassten Sklaven. „Für den Kaiser, welches Gericht ist seines?", fragte Antonius. „Das in der Mitte, gallisches Wildschwein", antwortete der Koch. „Daneben liegt deins." Perfekt, dachte Antonius. Doch Pläne sind nie perfekt.

Denn Peter und Livia waren inzwischen ebenfalls im Palast unterwegs, zufällig kamen sie an der Küche vorbei und hörten das Gespräch zwischen Antonius und dem Koch. „Ein Attentat!", flüsterte Peter erschrocken. „Ich habe eine Idee", antwortete Livia. „Komm mit in mein Gemach. Ich kenne mich auch mit Giften aus." Peter folgte ihr, fasziniert und neugierig. Geschichte hautnah, gefährlich und spannend zugleich.

Flavius wachte mit heftigen Kopfschmerzen auf. „Nie wieder ein Abend mit dem Fürsten der Finsternis", murmelte er und verzog das Gesicht. „Schon gar nicht, wenn der so trinkfest ist." Doch es gab Wichtigeres: Er musste mit seinem Sohn Kontakt aufnehmen. Er stieg die Stufen zu Lisas Zimmer hinauf und klopfte. „Wer ist da?", fragte sie. „Der Heilige Geist", antwortete er grinsend. Lisa lachte. „Das könnte bei dir fast stimmen. Komm rein, Vater." Flavius setzte sich zu ihr. „Ich muss dich etwas fragen: Was ist der Lieblingsgegenstand deines Bruders?" „Puh... da gäbe es einige. Aber du meinst wohl etwas Ernstes." Gemeinsam durchstöberten sie Peters Zimmer. Lisa zog ein Buch hervor.

„Das hier, die Bibel, die du ihm zum achtzehnten Geburtstag geschenkt hast. Er liest jeden Abend darin." „Perfekt" sagte Flavius und nahm es an sich. In der Küche war Lara gerade dabei, Schweinsbraten zuzubereiten, Peters Lieblingsessen. „Lara, wir müssen sofort mit Peter Kontakt aufnehmen", platzte Flavius herein. „Wie denn? Willst du ihn anrufen?" fragte sie verwundert. „So ähnlich", antwortete er, legte die Bibel auf den Tisch und ließ das blaue Amulett darüber kreisen. „Peter, wo bist du? Melde dich!", sprach er laut. Lisa lachte. „Tut mir leid, aber das sieht einfach witzig aus." Doch plötzlich erklang eine

Stimme im Raum: „Wer ist da? Geh raus aus meinem Kopf!" Flavius' Augen leuchteten. „Wir haben ihn!"

12   Bankett mit Hindernissen

Livia war in der Küche des Palastes. Sie kannte sich bestens aus, der Chefkoch hatte ihr alles gezeigt. Auch, welcher Teller für wen bestimmt war. „Siehst du, Peter? Der große Braten in der Mitte ist für den Kaiser. Rechts daneben ist Antonius' Teller." Sie holte ein Fläschchen hervor und träufelte eine klare Flüssigkeit auf Antonius' Portion. „Was machst du da?", fragte Peter entsetzt. „Keine Sorge, nur ein Schlafmittel. Bei diesem Bankett gibt es immer eine künstlerische Darbietung von Claudius Nero. Wenn Antonius dabei einschläft, ist seine Karriere dahin." „Und der Chefkoch, der das Gift verabreichen sollte?", hakte Peter nach. „Der trinkt immer vor dem Bankett eine besondere Tasse Wein, ich habe ihm mein Schlafmittel hineingegeben." Peter staunte. „Du würdest in unserer Zeit perfekt in eine Politserie passen."

„Unsere Zeit?", fragte Livia verwirrt. Peter wurde ernst. „Ich bin nicht von hier. Gestern lag ich noch in meinem Bett, im 21. Jahrhundert." Livia musste sich setzen. „Das ist zu viel auf einmal." „Wir treffen uns in einer Stunde wieder. Das Bankett beginnt. Mach dich hübsch, du bist meine Begleitung", sagte Peter. Als sie sich trennte, hörte er erneut eine Stimme in seinem Kopf. „Peter, wo bist du? Melde dich!", sagte Flavius. „Nicht jetzt!", murmelte Peter genervt. Doch dann hörte er genauer hin. „Hüte dich vor Antonius Crassus. Er will den Kaiser vergiften." „Wir wissen das bereits", antwortete Peter gedanklich. „In einer Stunde wirst du hören, wie er scheitert. Und übrigens, ich habe mich verliebt." „Wirklich? In wen?", fragte Flavius neugierig. „Livia. Vielleicht deine zukünftige Schwiegertochter." „Meinen Segen habt ihr. Hör zu: Gib ihr dein Amulett. Nur damit kann sie in unserer Zeit überleben. Die Katakomben vor Rom sind Zeithöhlen, euer Rückweg." Peter war gerührt. „Danke, Vater." Er begann sich umzuziehen. Zum ersten Mal in seinem Leben fühlte er sich angekommen, bereit für alles, was da kommen mochte.

Pünktlich traf Peter am vereinbarten Treffpunkt ein. Livia war bereits da, sichtlich nervös, aber wunderschön. Ihre blaue Tunika leuchtete im Licht der untergehenden Sonne und betonte ihr rotes Haar perfekt. „Du siehst wundervoll aus", flüsterte Peter. „Und du in deiner gelben Tunika auch, das Amulett passt perfekt dazu", erwiderte Livia schüchtern. Peter bot ihr seinen Arm an. „In meiner Zeit hakt man sich so bei seinem Partner ein", erklärte er, und Livia lächelte, als sie sich einhakte. Im Palast waren bereits alle Gäste eingetroffen, die Elite Roms war versammelt. Auch Meister Lee wartete bereits auf die beiden. „Ist Flavius nicht da?" fragte Peter. „Er brauchte eine Auszeit. Aber er kommt morgen", antwortete Meister Lee ruhig. Peter setzte sich neben Livia. Doch plötzlich wurde er stutzig: Eine Frau gegenüber kam ihm bekannt vor. Antonius Crassus stand auf. „Darf ich vorstellen? Meine Begleitung: Maria aus Judäa. Ich fand sie verwirrt auf dem Marktplatz und nahm sie bei mir auf." Maria trat näher, blickte Peter tief in die Augen.

„Wir kennen uns doch, oder?" „Ich glaube nicht", erwiderte Peter verlegen. Maria nickte leicht und ging wieder an ihren Platz. Plötzlich erklang Flavius' Stimme in Peters Kopf. „Ich bin wieder eingeloggt, beschreibe mir die Szene." Peter erklärte gedanklich die Situation, erwähnte auch Maria. Flavius reagierte alarmiert: „Das ist Marie! Sie lebt noch!

Sag niemandem, wer du bist. Bleib ruhig!" Claudius Nero stand auf und kündigte seine Gesangseinlage an. Er griff zur Harfe, die Darbietung war furchtbar, doch niemand wagte Kritik. Marie wurde unruhig.

„Das Gift müsste längst wirken", flüsterte sie Antonius zu. „Wo ist eigentlich der Chefkoch?" fragte er nervös. Doch da sank Antonius plötzlich in sich zusammen, eingeschlafen. Entsetzen breitete sich unter den Gästen aus. Nero unterbrach seine Vorstellung. „Wenn euch das nicht gefällt, erhöhe ich morgen die Steuern!", rief er zornig. Dann wandte er sich an Antonius: „Deine Karriere ist vorbei, du Schlafmütze!"
Marie rannte zur Küche, doch der Chefkoch war ebenfalls eingeschlafen. In seiner Nähe entdeckte sie das kleine Fläschchen mit dem Schlafmittel. Wütend kehrte sie zum Bankett zurück. „Das habe ich bei den Christen gesehen! Sie haben ein Attentat auf den Kaiser geplant!" Der Kaiser rief Claudius Nero herbei. „Verhaftet die Christen. Morgen sollen sie im Zirkus auftreten!" Doch Peter, Livia und Meister Lee hatten die Szene längst verlassen. Ihre Plätze waren leer. „Sofort hinterher!", befahl Nero. „Antonius und Marie, ihr kommt mit! Vielleicht könnt ihr euch noch beweisen."

14 Die Flucht

Die drei Flüchtenden rannten zum Quartier der Christen. Livia weckte ihre Familie, auch ein kleines Kind war dabei. „Ich habe einen Wagen und Pferde bereitgestellt", erklärte Meister Lee. „Das reicht, um euch zur Stadtgrenze zu bringen." Livia küsste ihn auf die Wange. „Danke für alles." Auch Peter bedankte sich: „Grüßen Sie bitte Flavius von mir."

Flavius hörte jedes Wort über das Amulett. Sofort trommelte er Lisa und Peter Bauer zusammen. Gemeinsam fuhren sie so schnell wie möglich zu den Zeithöhlen am Stadtrand. „Sie kommen bald. Es zählt jede Minute", keuchte Flavius. Zur selben Zeit kehrte der junge Flavius aus seiner Isolation zurück, doch das Haus war leer. „Sie sind geflohen", sagte Meister Lee. „Wenn du dich beeilst, kannst du sie einholen." Flavius zögerte nicht lange, sattelte ein Pferd und ritt los.

Bei den Katakomben sah er römische Legionäre, angeführt von Claudius Nero. Mutig stellte er sich ihnen entgegen. „Lass sie in Ruhe! Sie sind keine Verbrecher!" „Willst du mich aufhalten? Dann zieh dein Schwert!", entgegnete Nero höhnisch. Der ungleiche Kampf endete schnell. Nero verletzte Flavius schwer. Doch in diesem Moment entkamen die Christen durch den Hinterausgang. „Niemand gefasst", meldeten die Soldaten. Nero tobte:

„Dann werden wir ab jetzt alle Christen verfolgen!" In der Höhle trennten sich Peter und die Christengruppe. „Ich gehe diesen Weg, ihr nehmt den anderen", erklärte er. „Ich will mit dir kommen, in deine Zeit", sagte Livia tränenreich. Peter legte ihr das Amulett um. „Dann wirst du dort überleben." Ein älterer Christ überreichte ihm ein Schwert. „Viel Glück, junger Mann."

In der Gegenwart warteten Flavius, Lisa und Peter Bauer gespannt am Höhlenausgang. „Da sind sie!", rief Flavius, als er Fackeln sah. Doch plötzlich tauchten Antonius und Marie auf. „Kein Schritt weiter!", fauchte Antonius und bedrohte Peter mit dem Schwert. Flavius, Lisa und Peter Bauer eilten zur Hilfe. Es kam zum Kampf. Marie stellte sich Livia in den Weg, doch Livia schlug sie mit einem kräftigen Kinnhaken nieder. „Das wollte ich schon lange tun", sagte sie entschlossen. Die Seelenretter umzingelten die Feinde. Antonius packte Marie, berührte sein Medaillon und murmelte eine Formel, beide verschwanden. Livia atmete auf. „Ist es vorbei?" „Nein", sagte Flavius ernst. „Es fängt gerade erst an." Er umarmte Livia herzlich. „Willkommen in unserer Familie." Dann nahm er Peter in den Arm. „Wir haben dich vermisst. Auch deine Schwester." Peter fühlte sich endlich zu Hause, mit Liebe, Mut und einer neuen Zukunft.

„Wo sind wir?", fragte Marie verwirrt. „Es ist so dunkel hier."
„In der Unterwelt", antwortete Antonius. „Ich habe noch eine Rechnung offen." Vor ihnen erhob sich ein gewaltiger Thron, darauf saß Azarel. „Also waren meine Vorahnungen richtig", sagte er düster. „Meine Zeit als Fürst der Finsternis ist gezählt."

Antonius trat vor. „Schöne Grüße von Luzifer, du Verräter!" Ohne Vorwarnung stieß er Azarel ein Messer in die Brust. Der Körper des Fürsten zerfiel augenblicklich zu Staub, ohne einen Laut. Antonius nahm auf dem Thron Platz und wandte sich an Marie. „Du bist meine Königin. Gemeinsam werden wir Flavius und seine Seelenretter vernichten, und darüber hinaus das Universum beherrschen!"

In der Gegenwart war Flavius stolz auf seinen Sohn. Peter hatte nicht nur das Abenteuer im antiken Rom bestanden, sondern auch eine wundervolle Schwiegertochter mitgebracht. Er wollte gerade schlafen gehen, da hörte er eine vertraute Stimme: Azarel. „Ich bin im Gefäß, das ich dir in der Caluba gegeben habe, meine Seele lebt. Antonius glaubt, mich getötet zu haben. Wir müssen ihn aufhalten. Und ich will meinen Körper zurück!" Flavius seufzte. „Später. Wenn du jetzt nicht ruhig bist, stelle ich dich raus zur Hundehütte. Morgen retten wir wieder die Welt, wie immer."

Flavius ist zurück, im Mittelpunkt dieses Romans. Der heimliche Star der Seelenretter-Saga hat endlich seinen verdienten Auftritt erhalten. Dieser Band spielt einige Jahre nach den vorherigen. Flavius und Lara haben Kinder, ebenso wie Chris und Lisa. Doch Flavius hat eine Entscheidung getroffen, die alles verändert: Er will sterblich werden.

Spannung, Dramatik, und natürlich die Liebe, kommen dabei nicht zu kurz. Ein großes Dankeschön an meine treue Leserschaft. Euch ist dieses Buch gewidmet. Die Seelenretter-Saga hat sich besser entwickelt, als ich je gedacht hätte, dies ist bereits der siebte Teil. Im Zentrum steht diesmal Peter, der Sohn von Flavius.

Ein junger Mann voller Selbstzweifel, der sich seiner Bestimmung stellen und ein großes Abenteuer im antiken Rom bestehen muss. Danke an alle, die diese Reise mit mir gemacht haben. Und wie immer gilt: The Show must go on!

17   Danksagungen

Ich bin ein sehr großer Fan der Serien Lucifer, Supernatural, Buffy – im Bann der Dämonen, The Big Bang Theory und natürlich Star Trek und Star Wars.

Aufmerksame LeserInnen haben wahrscheinlich schon einige Anspielungen auf die Serien erkannt. Meine Motivation war es, etwas in diese Richtung zu schreiben und gleichzeitig etwas Neues zu schaffen, und ich glaube, das ist mir mit Die Seelenretter gelungen. Aber bitte – nehmt das Geschriebene nicht all-zu ernst, es ist einfach eine Fantasy-Komödie.

Jetzt zu meinen Danksagungen. Ich weiß wie immer nicht, bei wem ich beginnen soll. Zuerst möchte ich meinen Eltern danken, Otto und Anna Schweiger, die meine Ideen und Träume unterstützen und immer hinter mir stehen. Dann meinem Patenkind Michael Schweiger, der mir durch seine positive Kritik den Mut gab weiterzuschreiben. Auf meinen besten Freund Christian Unterdechler darf ich natürlich auch nicht vergessen, er ist für die großartigen Covers einiger Teile und diesem hier verantwortlich. Aber was wäre ein Buchprojekt ohne Verlag? Deshalb möchte ich mich ganz besonders beim Goldegg-Verlag, insbesondere bei Verena Minoggio-Weixelbaumer und Elmar Weixelbaumer, für ihre großartige Unterstützung bedanken. Ein großes Dankeschön an meine Lektorin der Teile 1 – 6 Ada Diagne für ihre hervorragende Arbeit.

Außerdem bedanke ich mich auch herzlich bei allen Medien im Mostviertel, vor allem gilt mein spezieller Dank Herrn Dr. Dr. Leopold Kogler von der NÖN Amstetten und Frau Michaela Aichinger von der Amstettner Version der Zeitschrift Tips für ihre großartige Unterstützung.

Ein weiteres Dankeschön auch an Patrick Krippner und dem Team der Vienna Comic Con. Denn es ist keineswegs selbstverständlich, dass man sich als noch unbekannter Autor dort präsentieren darf.

Ein ganz großes Dankeschön auch an meine Freundin Kerstin Fink und ihre Familie für die tolle Unterstützung.

Ein großes Danke an den FCU Winklarn, einem Fußballverein im Mostviertel. Sie haben zwar mit dem Buch selbst nicht viel zu tun, aber ich muss es hier loswerden: Er ist einfach meine Zweitfamilie und steht, wie eine Mauer hinter mir, egal, was ich bin und was ich mache, das ist nicht selbstverständlich und das weiß ich zu schätzen.

Und natürlich möchte ich noch Christoph Görg danken, dessen Roman Troubadour den ganzen Stein ins Rollen brachte. Herzlichen Dank auch an das Team der Caluba – dafür, dass ich den Namen des Lokals im Roman verwenden darf.

Danke an alle, die mir in irgendeiner Form geholfen haben, ich hoffe, ich habe auf niemanden vergessen.

Thomas Schweiger, im März 2025

Thomas Schweiger wurde am 26.3.1971 in Amstetten geboren. Er absolvierte den üblichen Bildungsweg, garniert mit drei Jahren Handelsschule. Danach fing er beim Amt der Niederösterreichischen Landesregierung zu arbeiten an. Aktuell arbeitet er im Krankenhaus Amstetten.
Im biblischen Alter von sechsundvierzig Jahren holte er die Berufsreifeprüfung im Bfi Amstetten nach, wo er von seiner Deutschlehrerin Frau Mag. Lösch dazu ermutigt wurde, wieder mit dem Schreiben anzufangen.

„Der Sohn des Flavius" ist in erster Linie ein Dankeschön an meine treue Leserschaft. Viel Spaß beim Lesen!

Verlag: BoD · Books on Demand GmbH, Überseering 33, 22297 Hamburg, bod@bod.de
Druck: Libri Plureos GmbH, Friedensallee 273, 22763 Hamburg
ISBN: 978-3-8192-7656-9